# CANTABA LA RANA
# THE FROG WAS SINGING

selección y arreglos / *selected and arranged by*

RITA ROSA RUESGA

ilustraciones / *illustrated by*

SOLEDAD SEBASTIÁN

SCHOLASTIC INC.
New York Toronto London Auckland
Sydney Mexico City New Delhi Hong Kong

## ESTIMADOS AMIGOS,

*Cantaba la rana / The Frog Was Singing* es un libro para toda la familia. Contiene canciones infantiles tradicionales que se han transmitido de generación en generación. Mi abuela cantaba muchas de estas canciones. Hoy en día, yo se las enseño a mis hijos y alumnos porque forman parte de nuestra cultura.

Las melodías que aparecen en este libro pueden ser interpretadas en el instrumento musical de su elección. También podrán escucharlas o bajarlas directamente de www.scholastic.com/cantabalarana.

Espero que disfruten aprendiendo y cantando estas bellas canciones.

Rita Rosa Ruesga

## DEAR FRIENDS,

Cantaba la rana / The Frog Was Singing *is a book for the whole family. In it you will find traditional children's songs that have passed from one generation to the next. My grandmother sang many of these songs. Now, I teach them to my children and my students because they are part of our culture.*

*The tunes in the book can be played with any instrument you like. You can also listen to them or download them from www.scholastic.com/thefrogwassinging.*

*I hope you enjoy learning and singing these beautiful songs.*

*Rita Rosa Ruesga*

Existen varias versiones de las canciones que aparecen en este libro. Algunas veces la diferencia es una palabra o dos, pero otras veces es toda una estrofa. Si usted conoce una versión diferente de la que aparece en el libro, lea o cante esa con su hijo o hija. La traducción al inglés no siempre es literal. Hemos hecho modificaciones aquí y allá para que se pueda cantar.

*There are several versions of the songs included in this book. The difference can be a word or two, or an entire stanza. If you know a different version than the one included here, read or sing that one with your child. The English translation isn't always literal. We have tweaked it here and there so that it can be sung.*

# CANCIONES SONGS

Cucú cucú, cantaba la rana,
cucú cucú, debajo del agua,
cucú cucú, pasó un caballero,
cucú cucú, con capa y sombrero,
cucú cucú, pasó un marinero,
cucú cucú, llevaba un romero,
cucú cucú, le pedí un ramito,
cucú cucú, no me quiso dar,
cucú cucú, me puse a llorar,
cucú cucú.

*Cucú cucú, the frog was singing,*
*cucú cucú, she sang underwater,*
*cucú cucú, a gentleman walked by,*
*cucú cucú, with a cape and hat,*
*cucú cucú, a sailor walked by,*
*cucú cucú, he carried rosemary,*
*cucú cucú, I asked for a bunch,*
*cucú cucú, he didn't give me any,*
*cucú cucú, I started to cry,*
*cucú cucú.*

A este tipo de canción se le llama ronda y se les canta especialmente a niños muy pequeños. La repetición de una frase o una palabra es típica de la ronda.

*This kind of song is called a* ronda *and it is sung to toddlers.* Rondas *typically have a word or a phrase that is repeated throughout the song.*

# CUCÚ CUCÚ CUCÚ CUCÚ

Cu - cú cu - cú, can - ta - ba la ra - na, cu - cú cu - cú, de-
Cu - cú cu - cú, the frog — was sing-ing, cu - cú cu - cú, she

ba - jo del a - gua, cu - cú cu - cú, pa - sóun ca-ba - lle - ro, cu - cú cu - cú, con
sang un-der-wa- ter, cu - cú cu - cú, a gen-tle-man walked by, cu - cú cu - cú, with

ca-pay som - bre- ro, cu - cú cu - cú, pa - sóun ma-ri - ne - ro, cu - cú cu - cú, lle-
a cape and hat— , cu - cú cu - cú, a sail-or walked by — , cu - cú cu - cú, he

va-baun ro - me-ro, cu - cú cu - cú, le pe-díun ra - mi - to, cu - cú cu - cú, no
car-ried rose- ma- ry, cu - cú cu - cú, I asked for a bunch-, cu - cú cu - cú, he

me qui-so da - r, cu - cú cu - cú, me pu-sea llo - ra - r, cu - cú cu - cú.
didn´t give me a- ny, cu - cú cu - cú, I start — ed to cry , cu - cú cu - cú.

Señora Santana,

¿por qué llora el niño?

Por una manzana

que se le ha perdido.

Yo le daré una,

yo le daré dos,

una para el niño

y otra para vos.

"Señora Santana" es una de las canciones de cuna más conocidas en los países donde se habla español. Se originó en España.

Dear Mrs. Santana,

*why is the child crying?*

*Because of an apple,*

*I think he just lost it.*

*I will give him one,*

*I will give him two,*

*one is for the boy,*

*the other one's for you.*

*"Mrs. Santana" is one of the best known lullabies in the Spanish-speaking world. It's originally from Spain.*

# SEÑORA SANTANA
## MRS. SANTANA

Se- ño - ra San - ta - na, ¿por-qué llo-rael ni - ño?
De - ar Mrs. San - ta - na, why is the child cry - ing?

Por u - na man - za - na que se leha per - di - do.
Be - cause of an ap - ple, I think he just lost it.

Yo le da - ré u - na, yo le da - ré dos,
I will give him one —, I will give him two,

un - a pa -rael ni - ño yo - tra pa - ra vos.
one is for the boy —, the oth - er one's for you.

Estaba la Pájara Pinta
sentadita en el verde limón.
Con el pico recoge la rama,
con la rama recoge la flor.
¡Ay, Dios! ¿Cuándo veré a mi amor?

Me arrodillo a los pies de mi amante,
me levanto muy fiel y constante,
dame esta mano,
dame esta otra,
dame un besito que sea de tu boca.

*It was a small spotted bird,*
*sitting pretty on the lemon tree.*
*With the beak she picks up the stem,*
*with the stem she picks up the fruit.*
*Oh, God! When will I see my love?*

*Now I kneel at the feet of my love,*
*now I get up so faithful and true,*
*give me your right hand,*
*give me your left hand,*
*then give me a kiss from your little mouth.*

Esta es una canción que se canta en España desde el siglo XVII. Muchos países latinoamericanos la han adoptado y, como suele suceder, la letra cambia un poco de país a país. La melodía sigue siendo muy parecida a la original.

*This song has been sung in Spain since the seventeenth century. Many Latin American countries have adopted it and, as is usually the case, the lyrics change a bit from country to country. The melody, however, remains quite true to the original.*

# LA PÁJARA PINTA

## THE SPOTTED BIRD

Es - ta - ba la Pá - ja - ra Pin - ta sen - ta-
It was a small spot —— ted bird ——, sit - ting

di- taen el ver - de li - món. Con el pi - co re - co - ge la
pret - ty on the lem - on tree. With the beak —— she picks up the

ra - ma, con la ra - ma re co - ge la flor. ¡Ay,
stem ——, with the stem —— she picks up the fruit. Oh,

Dios! ¿Cuán - do ve - réa mia - mor?
God! When will I see my love?

Cuando en la playa
la bella Lola
su larga cola
luciendo va,
los marineros se vuelven locos
y hasta el piloto
pierde el compás.
Después de un año de no ver tierra
porque la guerra me lo impidió,
me fui al puerto donde se hallaba
la que adoraba mi corazón.

¡Ay! Qué placer sentía yo,
cuando en el puerto
sacó el pañuelo y me saludó.

*When at the beach*
*the pretty Lola*
*displays her train*
*for everyone to see,*
*the sailors go crazy,*
*and even the captain*
*goes weak at the knees.*
*After a year away from the shore*
*because the war wouldn't let go,*
*I went to the port where there lived*
*the one that my heart so adored.*

*Oh! The joy that I felt,*
*when at the port*
*she waved her kerchief hello.*

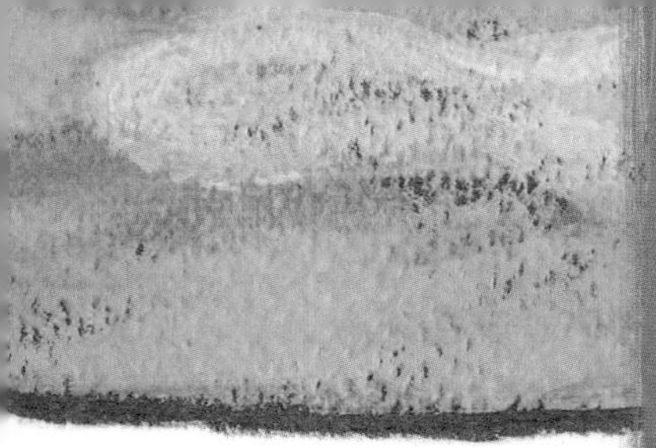

Se cree que esta canción se originó en México en el siglo XVIII. "La bella Lola" es una especie de himno de los marineros caribeños.

*This song seems to have originated in Mexico in the eighteenth century. Caribbean sailors regard "The Pretty Lola" as a hymn.*

# LA BELLA LOLA
## THE PRETTY LOLA

Cuan - doen la pla - ya la be - lla Lo - la su lar - ga co - la lu - cien - do
When at the beach the pret - ty Lo - la dis - plays her train for ev - ery - one

va, los ma -ri - ne - ros se vuel - ven lo- cos yhas tael pi - lo - to pier - deel com-
to see, the sail -ors go cra-zyand e - ven the cap- tain goes —— weak at —— the

pás. Des - pués deun a - ño de no ver tie - rra por - que la gue-rra me loim - pi-
knees. Af - ter a year a - way from —— the shore, be - cause the war — would - n't let

dió, me fui al puer - to don - de seha - lla - ba la quea - do - ra - ba mi co - ra-
go, I went to the port where there —— lived — the one that my heart — so a-

zón. ¡Ay! Qué pla - cer sen - tí - a yo,
dored. Oh! The —— joy that I —— felt,

cuan - doen el puer - to sa - cóel pa - ñue-loy me sa - lu - dó.
when at the port she — waved her ker- chief hel - lo ——.

Al ánimo, al ánimo, la fuente se rompió.
Al ánimo, al ánimo, mandarla a componer.
Urí, urí, urá, la reina va a pasar,
los de alante corren mucho,
los de atrás se quedarán.

*Al ánimo, al ánimo, the fountain just broke.*
*Al ánimo, al ánimo, go and have it fixed.*
*Urí, urí, urá, the queen is coming through,*
*the ones in front are quick,*
*the ones behind will lose.*

Esta es una canción española que se utiliza para jugar. En muchos países se han añadido versos, pero la melodía se ha mantenido igual.

*Originally from Spain, this song is part of a game. New verses have been added in many countries, but the melody remains the same.*

# AL ÁNIMO

AL ÁNIMO

Al á - ni - mo, al á - ni - mo, la fuen - te se rom - pió. Al
Al á - ni - mo, al á - ni - mo, the foun —— tain just broke. Al

á - ni - mo, al á - ni - mo, man - dar - laa com - po - ner. U - rí, u - rí, u -
á - ni - mo, al á - ni - mo, go and —— have it fixed. U - rí, u - rí, u -

rá, la rei - na vaa pa - sar, los dea - lan - te co - rren mu - cho, los dea -
rá, the queen is com-ing through, the — ones in front are quick —, the —

trás se que - da - rán.
ones be - hind will lose.

Si la nieve resbala por el sendero,
ya no veré a la niña que yo más quiero.
¡Ay! Amor, amor, ¿qué haré yo?

*If the snow rolls down the road,*
*I won't see the girl I love most.*
*Tell me, love, what can be done?*

Esta es una vieja y conocida canción de cuna española, siempre presente en repertorios corales infantiles.

*This is an old and very popular Spanish lullaby, a staple in the repertoire of children's choruses.*

# SI LA NIEVE RESBALA

## IF THE SNOW ROLLS DOWN

Si la nie - ve res - ba - la por el sen -

If — the snow — rolls down ——— the

de - ro ———————, ya no ve - réa la ni - ña que yo más

road ———————, I won't — see the girl ——— I —— love

quie - ro ———————. ¡Ay! A - mor, a - mor, ¿quéha -ré yo?

most ———————. Tell me, love ———, what can be done?

*Are you sleeping, are you sleeping,*

*Brother John? Brother John?*

*Morning bells are ringing, morning bells are ringing.*

*Ding, dang, dang, dong. Ding, dang, dang, dong.*

Campanero, campanero,

¿duermes ya?, ¿duermes ya?

Suenan las campanas, suenan las campanas.

Din, don, don, dan. Din, don, don, dan.

Esta canción, de origen francés, ha sido traducida a muchos idiomas y goza de gran popularidad en todo el mundo.

*This song, originally from France, has been translated into many languages and is very popular around the world.*

# CAMPANERO

# ARE YOU SLEEPING?

Cam - pa - ne - ro, cam - pa - ne - ro, ¿duer - mes ya?, ¿duer - mes ya?
Are you sleep - ing, are you sleep- ing, Bro - ther John? Bro - ther John?

Sue - nan las cam - pa - nas, sue - nan las cam - pa - nas. Din, don, don, dan.
Morn-ing bells are ring - ing, morn - ing bells are ring - ing. Ding, dang, dang, dong.

Din, don, don, dan.
Ding, dang, dang, dong.

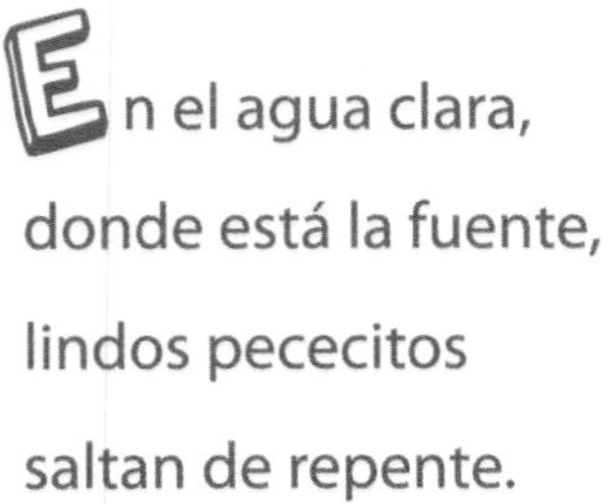

En el agua clara,
donde está la fuente,
lindos pececitos
saltan de repente.

Lindo pececito,
si quieres jugar,
todos mis juguetes
te los voy a dar.

Yo vivo en el agua,
no puedo salir,
mi mamá me ha dicho
que siempre juegue aquí.

*In the clear waters,*
*that surround the fountain,*
*pretty little fishes*
*come up jumping.*

*Pretty little fish,*
*if you want to play,*
*all of my toys,*
*I'll give you right away.*

*I live in the water,*
*I can't go outside,*
*my mother has told me*
*to always play inside.*

Esta es una canción de cuna mexicana. A pesar de su popularidad, el texto original se ha mantenido prácticamente intacto.

*This is a Mexican lullaby. Despite its popularity, the original text almost never varies.*

# EN EL AGUA CLARA
## IN THE CLEAR WATERS

En el a - gua cla - ra, don-dees-tá la fuen - te, lin - dos pe - ce - ci - tos

In the cle - ar wa - ters, that sur-round the foun - tain, pret - ty lit - tle fish - es

sal - tan de re - pen - te. Lin - do pe - ce - ci - to, si quie - res ju - gar,

come — up — jump - ing. Pret - ty lit - tle fish —, if you want to play,

I can't go out - side, my mo - ther has told me to al - ways play in - side.

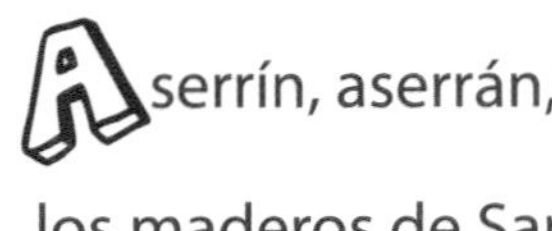
Aserrín, aserrán,
los maderos de San Juan.
Los de alante corren mucho,
los de atrás se quedarán.
Aserrín, aserrán,
los maderos de San Juan,
piden queso, les dan hueso,
piden pan, no se lo dan.

*Aserrín, aserrán,*
*the woodsmen of San Juan.*
*The ones in front run a lot,*
*the ones behind will not pass.*
*Aserrín, aserrán,*
*the woodsmen of San Juan,*
*they want cheese, they get bones,*
*they want bread, they get none.*

Esta antigua canción de cuna proviene de San Juan de Alcázar, España. "Los maderos" son los carpinteros de la región.

*This old lullaby originated in San Juan de Alcázar, Spain. "Los maderos" are the carpenters of the region.*

# ASERRÍN ASERRÁN

## ASERRÍN ASERRÁN

¡Que llueva, que llueva, la Virgen de la Cueva!
¡Que llueva, que llueva, la Virgen de la Cueva!
Los pajaritos cantan,
las nubes se levantan.
Que sí, que no,
que caiga un chaparrón.

*Let it rain, let it rain, Lady of the Cave!*
*Let it rain, let it rain, Lady of the Cave!*
*The little birds are singing,*
*all the clouds are moving.*
*Say yes, say no,*
*let's have a great big storm.*

Esta es una canción infantil que se utiliza para jugar: los niños, tomados de la mano, hacen un círculo y dan vueltas. También se pueden sentar en círculo y hacer gestos con las manitos mientras cantan la canción.

*This is a song that's sung as part of a game: While singing, kids gather in a circle and go around holding hands or sit in a circle and make hand signs.*

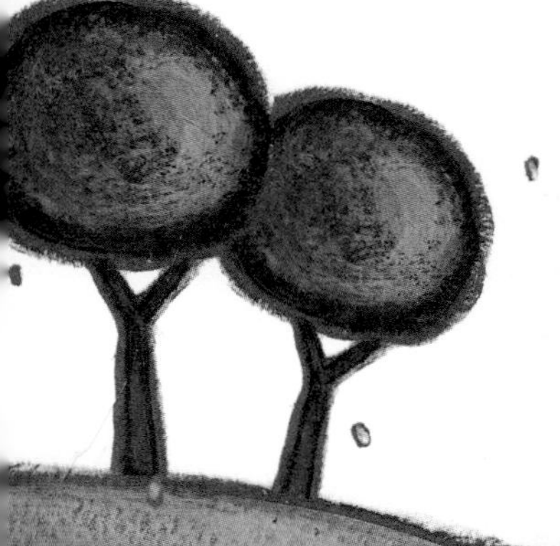

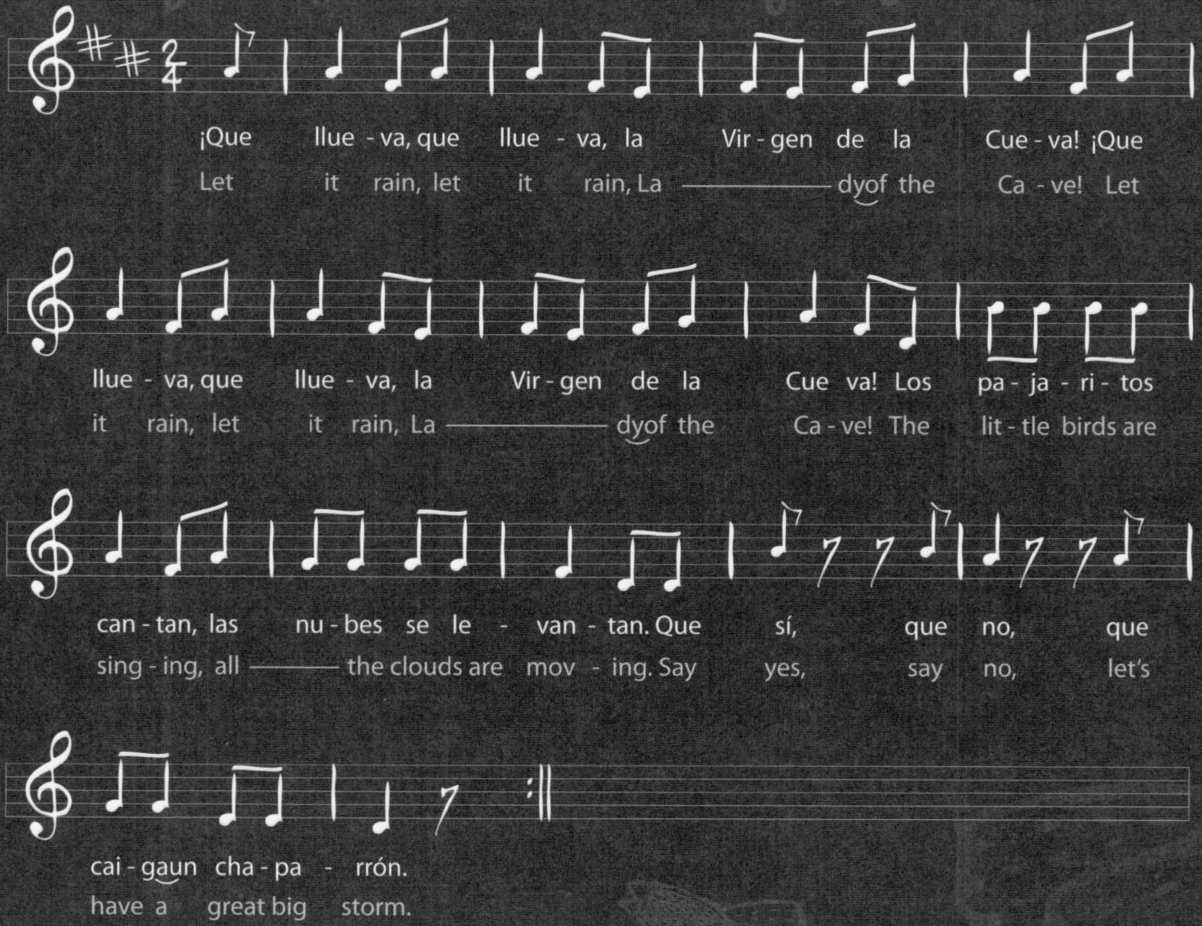

¡Que llue - va, que llue - va, la Vir - gen de la Cue - va! ¡Que
Let it rain, let it rain, La ——— dy of the Ca - ve! Let

llue - va, que llue - va, la Vir - gen de la Cue va! Los pa - ja - ri - tos
it rain, let it rain, La ——— dy of the Ca - ve! The lit - tle birds are

can - tan, las nu - bes se le - van - tan. Que sí, que no, que
sing - ing, all ——— the clouds are mov - ing. Say yes, say no, let's

cai - ga un cha - pa - rrón.
have a great big storm.

Naranja dulce, limón partido,
dame un abrazo que yo te pido.

Si fueran falsos mis juramentos,
en poco tiempo me olvidarás.

Toca la marcha, mi pecho llora,
adiós, señora, que ya me voy.

*Orange sweet orange, a lime in half,*
*come hug me dear, that's what I ask.*

*If my promises prove to be false,*
*they'll be forgotten in a short time.*

*Play that march, my heart is aching,*
*good-bye, my lady, I'm on my way.*

Esta fue una canción muy popular entre los soldados de la Guerra Civil Española en el siglo xx. Viajó desde España hasta México, donde se popularizó. Hoy en día se canta en muchos jardines infantiles de Latinoamérica.

*This song was very popular during the Spanish Civil War in the twentieth century. It traveled from Spain to Mexico, where it was adopted in no time. Now, it's sung in preschools all over Latin America.*

# NARANJA DULCE
## SWEET ORANGE

Na - ran - ja dul - ce, li - món par - ti - do, da - meun a-
Or - ange sweet or - ange, a lime in half, —— come hug me

bra - zo que yo te pi - do. Si fue - ran fal - sos mis ju - ra-
dear ——, that's what I ask———. If my —— pro - mi - ses prove to

men - tos, en po - co tiem - po meol - vi - da - rás. To - ca la
be false, they'll be for - got - ten in a short time. Play that ——

mar - cha, mi pe - cho llo - ra, a - diós, se - ño - ra, que ya me voy.
march ——, my heart is ach - ing, good- bye, my la - dy, I'm on my way.

Los pollitos dicen

"pío, pío, pío"

cuando tienen hambre,

cuando tienen frío.

La gallina busca

el maíz y el trigo.

Les da la comida

y les presta abrigo.

Bajo sus dos alas,

acurrucaditos,

hasta el otro día,

duermen los pollitos.

*Baby chicks sing*

*"pío, pío, pío,"*

*when they are hungry,*

*when they are cold.*

*Mother hen looks*

*for some corn and wheat.*

*Mother gives them dinner,*

*Mother keeps them warm.*

*Under her two wings,*

*the chicks snuggle in,*

*until the next day,*

*they fall asleep.*

# LOS POLLITOS DICEN "PÍO, PÍO, PÍO"
# BABY CHICKS SING "PÍO, PÍO, PÍO"

Los po - lli - tos di - cen "pí - o, pí - o, pí - o" cuan - do tie - nen
Ba —— by chicks sing "pí - o, pí - o, pí - o," when — they are

ham - bre, cuan - do tie - nen frí - o. La ga - lli - na bus - ca el ma - íz y el
hun - gry, when — they are cold —. Mo-ther hen — looks — for some corn and

tri - go. Les da la co - mi - da y les pres - ta a - bri - go.
wheat —. Mo-ther gives them din - ner, Mo-ther keeps them warm —.

Ba - jo sus dos a - las, a - cu - rru - ca - di - tos, has - ta el o - tro
Un-der her two wings —, the chicks snug - gle in ——, un - til the next

dí - a, duer- men los po - lli - tos.
da - y, they — fall a - sleep —.

Mientras se canta esta conocida canción infantil, los niños pueden actuar lo que hacen la gallina y los pollitos.

*While singing this very popular song, the children can act out what the hen and the chicks do.*

Arroz con leche,
me quiero casar
con una viudita
de San Nicolás.

Que sepa coser,
que sepa bordar,
que ponga la aguja
en su canevá.

Yo soy la viudita,
la hija del Rey,
me quiero casar
y no encuentro con quién.

Con este sí,
con este no.
Con este sí
me caso yo.

*Rice pudding,*
*I'm ready to marry*
*a really nice widow*
*from San Nicolás.*

*Who'll know how to sew,*
*who'll know how to embroider,*
*who'll know how the needle*
*should go in the fabric.*

*I am a nice widow*
*and the king's daughter,*
*I'm ready to marry,*
*but don't know whom.*

*With this one, yes,*
*with this one, no*
*With this one*
*I will get hitched.*

Para jugar se hace una rueda dejando un niño en el centro del círculo mientras todos cantan la canción. Al terminar, el niño deberá elegir a otro niño para que lo sustituya.

*To play, children circle around one child while everyone sings the song. At the end, the child in the middle of the circle chooses a friend to substitute for him or her.*

# ARROZ CON LECHE

## RICE PUDDING

A - rroz con le - che, me quie - ro ca - sar con u - na viu - di - ta de
Rice —— pud-ding, I'm rea - dy to mar-ry a real - ly nice wid-ow from

San Ni - co - lás. Que se - pa co - ser, que se - pa bor - dar, que
San Ni - co - lás. Who'll know how to sew, who'll know how toem - broi- der, who'll

pon- ga laa- gu - ja en su ca - ne - vá. Yo soy la viu - di - ta, la
know how the nee-dle should go in the fab - ric. I am a nice wid - ow and

hi - ja del Rey, me quie - ro ca - sar y no en - cuen - tro con quién. Con
the king's —— daugh-ter, I'm rea - dy to mar - ry, but don't know —— whom. With

es - te sí, con es - te no. Con es - te sí me ca - so yo.
this one, yes, with this one, no. With this one I will get —— hitched.

Yo te daré,
te daré, niña hermosa,
te daré una cosa,
una cosa que yo solo sé, ¡café!

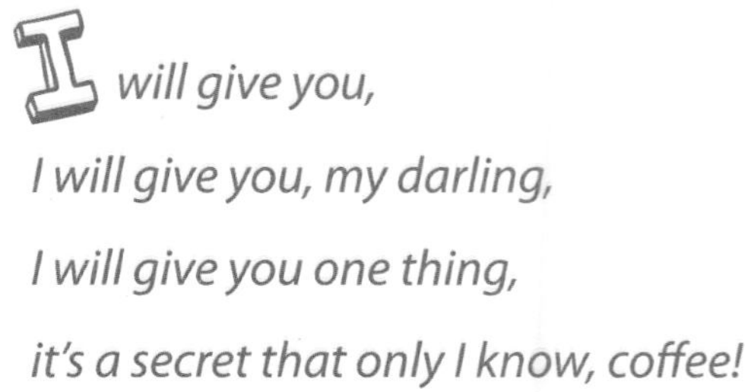

*I will give you,*
*I will give you, my darling,*
*I will give you one thing,*
*it's a secret that only I know, coffee!*

Esta corta canción es una habanera, que es un tipo de canción y de danza que se originó en Cuba en el siglo XIX. Las habaneras tienen su antecedente más importante en la contradanza, que es un tipo de danza europea.

*This short song is a habanera, which is a genre that originated in Cuba in the nineteenth century. The habanera rhythm is closely related to a European dance called contredanse.*

# YO TE DARÉ
## I WILL GIVE YOU

Yo te da - ré, te da - ré, ni - ña her - mo - sa, te da - ré u - na
I will give you, I will give you, my dar - ling, I will give —— you

co - sa, u - na co - sa que yo so - lo sé, ¡ca - fé!
one thing, it's a se - cret that on - ly I know, cof - fee!

Rita Rosa Ruesga nació en Cuba y se graduó de Dirección Coral en la Escuela Nacional de Arte de La Habana, Cuba. Rita Rosa creó Musikartis, un programa bilingüe para enseñar música, y trabaja como productora musical y maestra de canto. Fue nominada para los premios Latin Grammy en 2009.

*Rita Rosa Ruesga was born in Cuba and holds a degree in choral conducting from the Escuela Nacional de Arte, in Cuba. Rita Rosa created Musikartis, a bilingual music curriculum, and works as a music producer, teacher, and voice coach. She is a 2009 Latin Grammy Award nominee.*

Soledad Sebastián nació en Chile. Estudió Diseño Gráfico en la Universidad Tecnológica Metropolitana de Santiago de Chile. Soledad ha participado en diversas exposiciones, ha enseñado talleres para niños y adultos y, actualmente, se dedica a ilustrar revistas y libros infantiles.

*Soledad Sebastián was born in Chile. She studied graphic design at the Universidad Tecnológica Metropolitana, in Santiago, Chile. Soledad has shown her work in many group exhibits, has taught art workshops for children and adults, and is currently an illustrator for magazines and children's books.*

ISBN 978-0-545-27357-2



12 11 10 9 8 7 6 5 4 3 12 13 14 15 16/0

Printed in the U.S.A. 40
First printing, January 2011

A Anthony y Julián /
*To Anthony and Julián*
-R.R.R.

A Santiago /
*To Santiago*
-S.S.